Première édition dans la collection « lutin poche » : juin 1999

Loi numéro 49 956 du 16 juillet 1949 sur les publications
destinées à la jeunesse : octobre 1997
Dépôt légal : juin 1999
Imprimé en France par Jean Lamour à Maxéville

NADJA

la petite fille du livre

lutin poche de l'école des loisirs
11, rue de Sèvres, Paris 6e

La femme écrivain se sentait bien seule
dans sa grande maison.
La forêt, tout près.
Il s'y passait sûrement quelque chose.
Elle n'avait qu'à imaginer...
Elle se mit à sa table
et commença son nouveau livre.

C'était l'histoire d'une petite fille qui vivait
chez une dame près de la forêt.
Elle n'avait plus de parents, et cette femme l'avait recueillie,
mais elle était très méchante, la punissait, l'obligeait
à travailler comme une esclave dans sa maison.
« C'est drôle », pensa la femme écrivain
en dessinant la petite fille, « j'ai l'impression
qu'elle s'est retournée et m'a regardée. »

Un jour, la cruelle femme
envoya l'enfant dans la forêt,
soi-disant pour aller cueillir
certaines herbes
dont elle avait
« ab-so-lu-ment » besoin.
Dans l'ombre
des grands arbres,
la petite fille tremblait
de peur.

Elle se perdit bientôt, car il faisait très sombre,
et se coucha au pied d'un arbre
pour essayer de dormir,
terrifiée par les bruits inquiétants
de la forêt dans la nuit.

Le matin, un léger picotement sur sa joue la réveilla.
Un petit lapin gris et un écureuil
la regardaient avec curiosité.
« Que fais-tu là, petite fille, es-tu perdue ? »
lui demandèrent-ils.
Elle leur dit pourquoi elle était là
et leur raconta sa vie.

« Pourquoi ne vivrais-tu pas
avec nous dans la forêt ? »
proposèrent les deux petits animaux.
« Il y a une cabane qu'un bûcheron
a abandonnée, où tu pourras dormir en paix.
L'hiver tu feras du feu, et nous t'apporterons
des fruits et des noisettes pour te nourrir.
Tu ne retourneras pas près de cette horrible
femme qui te déteste. »

La petite fille accepta avec joie et resta donc avec ses amis.
Personne ne leur faisait de mal dans la forêt.
Elle n'avait jamais été aussi heureuse de sa vie.

Hélas, la méchante femme
entendit parler de la petite fille
et décida de la ramener chez elle.
Elle partit à sa recherche.
Et la trouva, malheureusement.

Pauvre petite.
Elle fut entraînée de force, battue,
sous l'œil de ses amis désolés
qui étaient trop petits
pour l'aider. Elle retourna
à sa vie de malheur.
C'était encore
plus dur qu'avant,
car elle se souvenait
de la forêt,
et se sentait si triste
de ne pas pouvoir
y retourner.

La lune brillait fort cette nuit-là sur la forêt.
La femme écrivain n'arrivait pas à dormir.
Des petites voix chuchotaient :
« Ne laisse pas la petite fille enfermée ! »
« Sauve-la ! Fais quelque chose ! »
« Mais qu'est-ce que je peux faire ? » murmura-t-elle d'une voix endormie.

Mais elle se leva et se mit au travail :
elle dessina la petite fille qui avait réussi
à se sauver en se faufilant au-dehors
pendant que la méchante femme dormait.
Mais celle-ci l'entendit ouvrir la porte
qui grinçait, et s'élança à sa poursuite.

« Je vais dessiner une crevasse ! »
pensa la femme écrivain.
Dans sa course, la femme
ne vit pas la terre s'ouvrir
sous ses pieds,
et disparut
dans un grand cri.
Elle ne pourrait
plus jamais
faire de mal
à quiconque
désormais.

La petite, épuisée, arrivait
à l'orée du bois.
Là, se dressait une grande maison,
dont une fenêtre était restée allumée.
Courageusement, elle s'approcha
et frappa à la porte.

« Tiens », pensa
la femme écrivain.
« C'est drôle,
j'entends justement
frapper à ma porte. »
Elle se leva
et alla ouvrir.

Dans la lumière de lune, elle vit la petite fille qu'elle avait dessinée qui lui demandait timidement : « S'il vous plaît, pouvez-vous m'abriter pour la nuit ? Je ne vous dérangerai pas, je partirai demain matin. »

« Tu n'as plus rien à craindre, petite fille ! »
répondit la femme écrivain tout heureuse.
C'est ainsi que la petite fille du livre
vint habiter chez la femme écrivain.
Bientôt, ses petits amis la rejoignirent,
et ils vécurent tous très heureux
dans la grande maison près de la forêt.